歌集

消失点

後藤邦江

砂子屋書房

序

伊勢方信

後藤邦江さんの第一歌集『消失点』には、時代に遅れまいとし、あるいは時代に先駆けようとして、新しい表現の試行や可能性にあくせくする歌人や、短歌が古来、日本人の基礎教養の一つであることを忘れかけている人々に、本来の短歌のありよう、言い換えれば、短歌表現の豊かさとその文学性について、再認識させられる歌が多い。

後藤さんの作品には、幾つかの志向が見られ、それぞれを極めて明確に区分できることが特質と言える。本格的に短歌を学び始めて十年余りだが、母親が短歌に通じていたことや、小学生の頃から病弱で、病気による欠席で持て余す時間を読書で埋めてきたことなどが、本来の才質に影響を与えたことが窺われる。

作品の底には、これまでの生き方から生じた、命の翳《かげ》のようなものが揺らぎ、常に悲傷に近いものが流れていることを感じさせ、そのことが、あらゆる人が抱いているであろう不確かな不安、あるいは悲しみや寂しさと呼応して、静かな共感を与えているものと思われる。

日照雨《そばへ》やむ空のひむがし低山《ひくやま》をまたぎて太き虹の立ちたり
瑠璃色の闇流れゆく白雲のあはひをぬけて月あらはなり
朝光《あさかげ》につはぶきの蜜吸ひにこし黒き揚羽の斑が揺るる
つむ雪に動かぬ車を人影の出でて援くる闇ふかき夜を

ここに挙げた歌は、どれも短歌の基本である写生の目がとらえたもの。一首目の「低い山をまたいで立つ太い虹」からは、内に秘め持つ勇気や希望を感じさせられる。二首目の「月」には、控え目な自己顕示に接したような印象がある。三首目では、いのちの形象を見せられている。四首目の「人影」は、影絵の世界のようにも、舞台の黒子のようにも見えて、何故か浮遊感があるのは、善意を強調していないからであろう。四首とも、動きはあるものの、音のない静謐な時間を写している。

集落に三戸残れりと翁言ふ「年の神」とふバス停問へば
幼らに命のバトンをわたすごと老いたる人らリレーを見つむ
ストレスを消す術《すべ》問はれし俳優が死体を演ずと真顔に応ふ
ボランティアをするもさるるも散るまでのあはひを生きて「さくら」をうたふ

一首目の「年の神」は「歳の神」とも書き、地方によって異なるが一般には五穀豊穣の神のこと。珍しいバス停の名にひかれて、その由来を尋ねたところ、集落には三戸しか残っていないと教えてくれた。限界集落と言うよりも、そう遠くない将来、確実に消滅するであろうと直感したときの、空しさが伝わってくる。二首目は保育園か幼稚園の運動会であろう。幼子を応援する老い人たちの顔や姿を「命のバトンを渡すようだ」ととらえることで、自分の内にある年長者としての抽象的な負荷を降ろしている。三首目は、生きて在ることの苦しみや楽しみもまた、重みとなることを考えたとき、それらから完全に解放されるのは死より他にないとの俳優の暗示が、いかにもリアルで迫るものがある。四首目は、ボランティアとして、高齢者施設を訪れたときの歌。オカリナに合わせて歌う人も、オカリナを吹く自分も、長く同じ時代を歩いてきたことからくる哀感を、桜や「さくら」の歌に仮託しており、切切《せつせつ》として迫るものがある。

をみなる土偶のかたちひきつぎて壊れゆくわが虚ろなるまま
われになき子孫繁栄とふ幸を幾度《いくたび》思ふ　秋の深まる
塵埃にまみれたる街東京が離れ住みては星となりたり
新宿をふるさとにもつ悲しみに都電通りを渡りて迷ふ

一首目、女性の体型的な特徴を誇張した「土偶」に見る空洞に、加齢によって、何かが失われていくような喪失感を重ねている。二首目は、変えようのない現実の厳しさからくる孤立感や、先行きの不安などを結句に象徴させて、絶唱とも言える響きと重みがある。三、四首目は、刻々と変容する生まれ故郷である東京が、時に希望の星のようにも、思い出を埋める、遠い世界のようにも思えることからくる悲しみを詠んでおり、心に染みる。

「え」を訛りわが名を呼びゐし父の声絶えて久しき　くちなし香る
幼日を父親ひとつ子らひとつ母食べざりし戦後の卵
母読みゐし蟬丸の札を得手とせし弟ながらへ夏は過ぎたり
白煙の立ちくるあたりを目に指したりこれから彼が骨となりゆく

四首ともに、家族の情愛を立体化したような歌で、読むほどに悲しみを誘われる。ことに四首目の歌は、弟への追悼歌でありながら、一旦突き放したあとで、手繰り寄せるように詠んでいることから、止《とど》めようのない深い悲しみが胸を突く。

スクラム し議事堂かこみて歌ひたる十九歳《じふく》の吾の見しは青空
女子学生は外に出よとふ甲高き声あり柵内に構ふる装甲車ありて
学生時代のロシア民謡「ともしび」が軍歌と並びてカラオケにあり
駅前の「聖戦《ジハード》」といふ美容室九・一一のあとなくなりてをり

一、二首は学生時代の勉学とは別の、最も刺激的で印象的な体験を、昨日の事のように鮮やかに描き出している。一九六〇年（昭和三十五年）五月中旬から本格化した安保条約改定阻止国民会議の活動は、岸内閣による新安保条約と関連案件の単独強行可決により激しさを極め、五月二十六日には、安保批准阻止、内閣総辞職、国会解散のスローガンのもとに十七万人が国会を包囲したとの記録がある。また、六月十五日の統一行動には、全国で五百八十万人が参加、この日、全学連主流派の学生約七千人が国会南通用門から構内に侵入し、警官隊ともみあう中で、東大教養学部三年の樺美智子さんが死亡した。どの歌にも、非戦と平和への希求が見える。

この日、国会周辺の状況を見にきていた『消失点』の著者、後藤邦江さんと友人も、現場の空気に吸い込まれるように構内に踏み込んだと聞く。

一首目の「青空」には青年の純一さを、二首目では国家権力の強大さを感じさせられる。三首目では過去と現在が共存することで、新しい価値を生み出す矛盾を受け容れている。四首目は二〇〇一年九月十一日のアメリカ同時多発事件の、波及の末端をさりげなくとらえているが、そこで生計を立てていた未知の人にも思いを馳せている。

二人して「真夜中のギター」歌ひたる夜はしづかに寝におちゆけり
夫の傍にあといくたびのまどろみを許さるるらむ　赤き椅子買ふ
水彩のアネモネの赤あせてきつ出会ひしころに夫描きし絵の
夫描く樹下の道ゆくわが姿消失点にやがて消ゆらむ

三首目までは、身の丈に合わせて、互いに支え合い、補い合って生きることから得た本物の幸せを、四首目では「存在」の対義語「消失」を意識することで、今を生き抜くという認識を強くしている。

『消失点』に収められた作品のすべては、幼少期から現在における後藤邦江さんの心の軌跡であり、これから先の時間をどう生きて行くべきかを確かめる羅針盤でもある。

この歌集を、次なる歌集へ向けての新しい一歩として、自己の世界を一層深めてゆくことを期待してやまない。

令和二年九月吉日

＊目次

あとがき　183

装本・倉本　修

歌集　消失点

ルオーの蒼

「日本橋三越前」の駅表示映りて黒きライオン像うかぶ

ひらきたる花の下にて母と子が声ひそやかに砂遊びせり

教会の背景として青き海ルオーの蒼は街をひきしむ

五月闇のすそ辺に街の灯は遠く玻璃戸の向う鎮もりてをり

竹林は穂先くゆらし朝露をダイヤのごとくきらめかせゐつ

降りしきる雪に梢も垂《しだ》れたる竹林の向う窓の灯浮かぶ

瑠璃色の闇流れゆく白雲のあはひをぬけて月あらはなり

湾の向う工場街の灯《ともし》ゆれ空と海とを切り分けてゐつ

百《もも》鳥《どり》鳴く

降りやみて小暗き山の上《へ》十六夜の月は深夜の雲あひに出づ

白壁を染めてゆらめく夕光は欅の梢をとほりぬけこし

白鷺の舞い去るごとく白蓮はゆふべ嵐の空に消えたり

日照雨《そばへ》やむ空のひむがし低山《ひくやま》をまたぎて太き虹の立ちたり

銀翼が雲つくりつつ蒼天を帰心のごとく東へむかふ

オレンジの夕日が川面にまるき影おとして流れにきらめきてをり

山際の茜の色のおとろへて川沿ひの道暗みゆきたり

つかの間の青空に百鳥《ももどり》の鳴きつぐが山拓きたる団地にひびく

あをき空映して揺るる水玉が竹の葉先をつとすべり落つ

竹林の借景となるけふの空鱗雲厚く重なりあひつ

夕つ方西風強く吹きわたる師走の空に梵鐘聞ゆ

黐の陰いまだ解けざる雪ありて日差しに小き羽虫飛び交ふ

竹林の稍に重くつもる雪の幹折る音が闇夜にひびく

白き旗打ちたて寄せくる敵のごとめぐりの低山霧たちあぐる

欅

犬つれて見知らぬ街を歩きゐて霞のかかる五叉路に迷ふ

閉ざしたる門多き街に住む人の数の増減定かにあらず

猫でなく犬にはあらぬ声のして真夜の竹林怪鳥の飛ぶ

玄関のスリッパの下に百足ゐて山辺の里の夏が始まる

顔出してせがむうさぎに暑き朝かやつり草を摘みてやりたり

椅子の背の窪みの塵を拭きとりて殺虫剤まく長月の夜

鳴声を文字でならひしホトトギス庭の先なる竹林に鳴く

食ひかけの椿の花弁《はなびら》前にして日向に居眠るパンダウサギは

根を張りて舗道もち上ぐる欅の木いかにすべきかアンケートくる

パソコンに調べ知りたる踊り子草を友のひとりが採りきてくるる

百たたき受けたるごときゆふべ食む歌友くれたるシフォンケーキを

牛の目

林道の太き公孫樹を過るときピンクの鼻の猪に遭ふ

犬つれて山道下りし集落に遇ひたる人に栗をいただく

水底の谷わたる道通ひゐしとダム指さして媼語りぬ

集落に三戸残れりと翁言ふ「年の神」とふバス停問へば

リビングの明りを消せばガラス戸がインディゴブルーに闇夜をへだつ

旧友を癌に亡くせりと美容師は顔しかめたり　炎熱の午後

幼らに命のバトンをわたすごと老いたる人らリレーを見つむ

男《を》の子らが捕へてきたる縞蛇の真白き腹にふれて帰り来

大分の人ではないねと言はれつつ公民館への坂道下る

おづおづと歩む犬つれ行く舗道冬日は長き影法師うむ

五十号の画布にあてたるペインティングナイフがレンジの汚れを剝《けず》る

樺色のモチの肌《はだへ》にある洞《うろ》が牛の目をしてわが顔見つむ

県道を白きシャツ着てよぎる人の麦藁帽子が稲田に消ゆる

朝光《あさかげ》が青のグラッシかくるなか菜の花揺らし列車発ちゆく

四極山《しはつやま》を詠みたる万葉歌碑の建つ海辺の店にパスタ食べこし

海光る羽田経由の甲州路六年《むとせ》詠むうた小き実となる

菜の花の青き葉蔭に羽化したる黒き揚羽がわが肩にくる

シルエット

月一度の検査を受くる犬のせて雨のしき降る国道走る

発作後を眠りこむ犬の足動けり追ふか追はるるか荒き息して

声もなく身をすりよせて尾を振れり十歳になりて弱りたる犬は

大好きと抱きしめてみる小き犬尾の先はげしく揺らしてをりぬ

綿雲の青空わたるひとときを白き仔犬のリードひきゆく

裸木の小枝の影の揺るる道犬と吾とのシルエットゆく

幽閉を脱せむと犬は来客の開けたる門扉をつかのま捉ふ

叱られしのちの留守居にこの犬の反論としてゴミ箱散す

緑の傘

白梅のはつかに咲きたる長雨のあひ間盗みて蜜蜂の来し

啄みて食ひ残したる青柿のちさきがひとつベランダにあり

昨夜《よべ》のうちに干したる物かアパートの軒端に揺るる赤きTシャツ

西の方《かた》より風に乗りくる入相の鐘を聞きつつ犬と歩めり

「ごちそうさま」と辞儀してゆくは白人の女性ぞホテルの朝食のあと

療法士のをみなの若き手わが肩の凝りほぐしゆく脳《なづき》の芯を

吾を包む薄き被膜は皺ばみて手首に茶色のドットをつけをり

ストレスを消す術《すべ》問はれし俳優が死体を演ずと真顔に応ふ

雨のあがり欅が新芽吹く下に遊ぶ父子《おやこ》のTシャツ赤し

去年の秋伐るかと問はれし欅の木芽吹きて緑の傘をひろぐる

飲み会に夫送りたる夕空のクリムゾンレッドがミラーに映る

携帯電話をかけゐるをみなの口元のゆるみてをりぬ夕光の中

ゴヤ描きし「巨人」のごとき入道雲が山のきはより歩き出したり

日と月の間《あひ》は定《き》まりて彗星は日に近きとき身を燃やしゆく

少年

四輪のタイヤはきかえ内燃の不備なおしたる「アルト」が戻る

大型車連なるあと行くわが「アルト」大国に従く島国のごと

国東のますぐな道を上りゆき文殊仙寺の秘仏を拝す

石仏の里に遇ひたる外つ国の媼の温もりわが手にのこる

秩父路の札所めぐると月いちど会ひて語りし友のありたり

少しづつこはれゆくごときわれなれど『文学散歩』の「豊後路」を読む

高熱のをさまりし朝を医者へ行くサッチモの「聖者の行進」聞きゐつつ

弟の逝きたる冬の山茶花の一首をもちて歌会に出づ

花のころ父失ひたる少年が夏の団地の清掃に来し

左手の指にて叩く鍵盤の楽の音つよし五体使ひて

音楽の才はなけれど半世紀聞きつづけこしクィンテットのあり

＊左手のピアニスト

幼の吹くしやぼん玉の七色が生垣越えて歩道に飛び出づ

幼児がボールに遊ぶせまき道中学生ら黙して通る

先客の少年ひとり掛けてゐるベンチに冬の光とどまる

いのちの形象《かたち》

歳晩を疲れて座る陽だまりに羽音の低く山鳩飛びたつ

朝光《あさかげ》につはぶきの蜜吸ひにこし黒き揚羽の斑が揺るる

灰色の雲厚き朝玻璃窓にちさき蛾の影動かずにあり

水甕にたまる雨水《うすい》を飲みてゐる山鳩ののみど艶めきてをり

統《す》べられぬ身のひとつありこの春の温き日射しに羽虫飛び交ふ

柚子の木の葉陰にしばしひよどりは羽根つくろひぬ時雨るる午後を

日の出づる方《かた》へ向ひて流れゆく茜の雲を鳥は追ひたり

木蓮のあひまを抜けててふてふの白きが青き山辺へ向ふ

熊蟬の鈴振るごとく鳴く朝《あした》うぐひすひとつ細く鳴きたり

熊蟬はサ行の音をひびかせてシャワーのごとく五臓を洗ふ

武蔵野の段丘に鳴く油蟬恋ふれどけさは熊蟬を聞く

真夏日の続く朝《あした》の道の辺に空蟬ふたつ並びて横たふ

うぐひすの競ひて鳴ける朝光に飛行機雲の×《ばつ》ほどけゆく

窓の外《と》の空に綿雲浮かびゐて鳶飛びゆく白き腹見せ

羅漢のごと口ひらきたる八重椿に寄りつつあれば鵯のたつ

郊外の小春日和の陽だまりに不意に争ふ鵯の声あり

緑深き山映しゐるダムの面を水脈をひきつつ鴨近づけり

シクラメン

山沿ひの里を背にしてサックスに「ふるさと」吹くありスローテンポに

「魔が唄」を聞きつつハンドル握りゐて右折信号に左折なしたり

カーステレオに入れたるままの「島唄」がエンジン音にかき消されゆく

若やぎて語る宴《うたげ》の束の間を写すレンズが現実《うつつ》を見する

蒸籠《せいろう》にむされしごときけふの日の汗流したり真夜の湯船に

ほととぎすの鳴くを聞きつつ物干すと都会の友へ文送りたり

指先に打ちしメールの応へ待つスマートフォンの重たかりけり

嵐の夜らふそく立てて夕餉なすと友はメールに返しきたりぬ

メール打つ汝が指先の温もりを月が吸ひゐて夜は静かなり

夜半にはピアニッシモになりし雨明くればやまももの涙となりゆく

点滴にふくらむ腹をさすりつつ息荒き犬抱へやりたり

秋空に茜の雲はきらめきて言ひそこなひし言葉を告げ来

居眠りの若きらも乗せ夕つ方寒風の中をバス走りゆく

金柑の種までやはく煮られたる甘き一粒イヴのごと食む

歳晩の街に出会ひし若きをみなアメジストのごとき瞳を持てり

つむ雪に動かぬ車を人影の出でて助くる闇ふかき夜を

根腐して捨てたる鉢のシクラメンうす紅色の花をつけたり

精霊飛蝗

キッチンの小窓に並ぶ青き壜朝光浴びてかがよひてをり

黄昏の余光射しくるテーブルにレモンひとつが際立ちてあり

エアコンの効きたる部屋の玻璃窓にはりつく守宮は炎熱の中

椅子の背に伸したる腕を這ひのぼる蟻にあひたる真夜のリビング

太古よりヒトのなしこし営みと蟬鳴くもとに衣を干しゆけり

掃除機のモーター音を厭ふゆゑわが厨辺は箒にて掃く

ストーブをつけたる部屋のガラス戸に精霊飛蝗が音たてとまる

歌ひとつなりたる浴室に蜘蛛出でてうた逃げゆけりくもより早く

網戸あくるわが手刺したる蜂のゐて夜は大蜘蛛浴室を占む

左手に頭蓋の形なぞりつつ眼《まなこ》つぶりてシャワーを浴ぶる

夕闇にドアを開くれば迎えくるる夫の手になる焼き魚の香が

カーテンをひく夜ごとに赤き星ペテルギウスを確かめてゐつ

いく晩の汗吸ひこみし夜具の上《へ》に腰を痛めし重き身を伸す

槍ヶ岳の頂《いただき》踏みたるこの足の劣化すすみぬ車社会に

扇風機は真夜回りゐてテーブルのティッシュ・ペーパーに呼吸を与ふ

スマートフォンの次は眼鏡と探し物に時間とられて老を養ふ

バスタブのミルク色せし湯にひたる真夜に枯葉のざわめきを聞く

花のこころ

上弦の月夕空にかかりゐて桜咲きをり風に耐へつつ

夕風をうけて散りつぐさくら花砂場のくぼみをうす紅《くれ》に染む

綿雲のはつかに浮かぶ青空に花梨は薄紅《うすくれ》の花をかかぐる

豆腐屋のラッパの音出す車過ぎ熊蟬しばし声をひそむる

槙の幹を巻きつつのぼる朝顔が青き花つけ天空めざす

日に向きて小首傾ぐる細き身のひなげし揺るる朝の風に

夏を越えし百日紅《ひゃくじつこう》のくれなゐがくもりガラスの向うに揺るる

笠の形に整へられし山茶花が花弁散らし咲きつぎゆきつ

凍て空の風の誘ひに山茶花は身を解《ほど》きては地に泥みゆく

長雨を吸ひて黒ずむアスファルト欅の病葉重なりて落つ

エゴの花

十六歳の吾に臥しゐる父言ひき「春には治る」と検温なして

病巣を突止めくるる病院を父は厭ひて抜け出して来し

父親の異変を告ぐる母の手に揺り起こされしは十六歳の冬

「ありがたう」を母に伝へて更衣の朝明《あさけ》に父は逝きてしまへり

如月の朝けに父の逝きにけり「苦労かけた」と母には詫びゐて

吉祥寺の教会に通ひし日曜日父逝きてのちしばし続きぬ

「え」を訛りわが名を呼びゐし父の声絶えて久しき　くちなし香る

きさらぎの校庭よぎりて登校せり父のとぶらひ終へたる午後を

子らのため耐へてをるよと言ひし母は明治生れの父に仕へき

乳ガンの手術せしのち夫よりも母に頼みき洗濯物は

磧田の夕日は茜に赫ひて母の口癖かみしめてをり

エゴの花散りしく土手をねんねこに弟を背負ひし母と帰りき

隠れたるまろきポストのそばに泣きゐし幼き弟の姿たちくる

車椅子に運ばれてゆく母の顔喉つまらせて咳込みをりき

卵

父よりも穏やかなりしと母の言ふ叔父はいくさに征きて還らず

戦死者の三百万余の一人たる叔父は穏しき性《さが》と聞きゐつ

大国と争ひはじめし十二月は乳呑児なりきひた泣きゐむか

疎開地の小川の底の丸石を踏みにし記憶足裏《あうら》にのこる

幼日を父親ひとつ子らひとつ母食べざりし戦後の卵

自転車に出かくる父は終戦後を才覚なしてわれらを育つ

省線の人混みの中に両腕を支へくれたる父の温もり

戦ひの果てたるあとを父母の日月ありてわれら育ちぬ

写し絵に父が握れるハンドルはハーレーなりき戦する前

戦のあとを育ち盛りの食卓の皿にありたり芋ふかされて

西郷《せご》どんの銅像へゆく階段に人形売りゐし孤児の幼き

声の色

大企業をすぐに辞めたり弟は「セールスマンの死」流行りゐしころ

四十年連れ添ひくれたる人あれど病む弟のひとりはひとり

ひと月を病院に臥す弟の微熱あるらし頬のバラ色

長き脚をくの字に曲げて無菌室の壁に向きたり弟の背は

手術せぬと決断したる弟がカテーテル外し退院をせり

母読みゐし蟬丸の札を得手とせし弟ながらへ夏は過ぎたり

病巣の消えしを告ぐる弟の「ありがたう」の声耳にのこれり

絵文字にては伝はりがたき声の色　受話器に聞きつつ持つ手の震ふ

十六歳にて看取りゐし父に似てきたる弟ふたりひとりは逝きて

隣室に逝く人ありて目を赤くせし看護師がドアより出でく

診療の時間終りて看護師はうつむきしまま廊下を去りぬ

白煙の立ちくるあたりを目に指したりこれから彼が骨となりゆく

山鳩のくぐむ声にて目覚めたり胸郭ふるひて泣きたき朝を

離れゆく痛みをはつか抱きつつ残照の坂のぼりゆきたり

持たざりし身のつづまりはただひとつ濃きあぢさゐの煌めきのこす

ひと秋を妹と電話に過ごしたり亡き弟の一生《ひとよ》たどりて

弟へ

武蔵野から移りすみたるウサギ二羽十年《ととせ》を生きて土にかへりぬ

乾草を小刻みに嚙む音たててパンダうさぎの朝をむかふる

右側の大胸筋を切除されし身の三十余年背柱ゆがむ

みやこ捨て独立したる夫と住む山辺の家に十幾年《じふいくとせ》を

弟にカテーテル入るると聞きし日を臼杵石仏拝まむと来し

雨音のしめやかなりて濯ぎ物夫とりくるる茂吉読む間に

子供なき叔父看取りゐる病室から出勤なしたり一週間がほど

削ぎゆきて相聞の歌となりしとき夫の巨体がふいにたちたり

けふ聞きし苦きひとこと澱となりて頭垂《かうべ》れつつ「アヴェ・マリア」聴く

弟の検査結果を良好と伝へくる義妹《いもうと》の声音明るし

山鳩の鳴きゐる朝を届けたし都会に臥して歩けぬ弟《をと》へ

もう会へぬと言ひてしまへり病棟に臥す弟に身は遠かりて

満ち欠けをくりかへす月みつるとき問ひたかりけり友の生死を

ほろびたる星かもしれぬと夫は言ふベテルギウスを指さしゐつつ

桜の冷気

をみなる土偶のかたちひきつぎて壊れゆくわが虚ろなるまま

みどり子の泣きておそるる眠りをば老は疲れてひたすら眠る

父母の与へくれたるはらからの最後のひとりが弱りてゐたり

古希に得し病と五年たたかひて負けてしまへり武蔵野の弟

病み臥する弟の指に触るるとき桜の森の冷気きたれり

生きてゐる不思議を歌ふ姪の声をＣＤに聞く弟《をと》の忌終へて

税金を滞納せしは抗ひか亡き弟の無念たちくる

弟ゆきて三日目の真夜掛時計の玻璃軋ませて床に落ちたり

母と会ひて和ぎたるか弟の笑顔たちくる三回目の冬

菜を刻むゆふぐれしばしとどめたし犬従へて夫はまどろむ

今はただやはらかき雨に包まれて山辺の家に夫と住みゐつ

古物商にて夫の求めし長火鉢に炭火おこして居間をあたたむ

わが脚に頬をよせきて眠りゐる犬の温もり寒をやはらぐ

二人して「真夜中のギター」歌ひたる夜はしづかに寝におちゆけり

指紋

「あらえびす」とふ高田馬場の喫茶店は若きわれらの溜り場なりき

定年の近づく友に「ユニクロ」の朱《あか》きブラウス似合ひてゐたり

友の書く文字美しくしばらくを交したるふみ文箱をみたす

別府までひと夜泊りで来るといふ友は埼玉に教師続くる

寒しとふ友の電話にかけつけきわがカーディガン渡さむとして

山の手線の事故のニュースが呼びおこす日暮里までを勤めたる日日

ひとり居は課題と言へる友のゐて精養軒に箸進まざり

自閉症の子を持つ母が面談にわれに子なきを知るや噤めり

冬越して新しき靴買ひたりと難病抱へて働く友言ふ

清掃の時間に聞えし歌声は「流浪の民」の低音部なり

国中の教師に届くブラックメールあなたの言葉で傷つきしとあり

遠き日の校庭走る教へ子を見守るごとき習癖消えず

教職にひたすら励むひとり身の友は五十歳をすでに超えたり

物理学の教師の口癖今に覚ゆ「作用があれば反作用あり」

会はずともスマートフォンに文字うちて夜中にしんと教育語る

カタカナ表記のロシア語書きて「カチューシャ」を教へくれたる教師のありたり

憲法はこの世を照す灯台と教えくれたる教師のゐたり

ドア止めむと床に置きたる英和辞書に若かりし吾の指紋残れり

絶えまなく仕事に追はるる日日つづきある冬の朝入院をせり

教育の現場で受けしストレスのはげしきころにガン見つかりき

赤き椅子

転びたれば歩行のならぬ頸《くび》なりと整形外科医はいく度《たび》も言ふ

若きらとヨガのポーズをなしゆきぬ頸椎症の身いたはりゐつつ

意にそはぬ職場にうつりてその暮の人間ドックに乳癌見つかる

病院に再会したる教へ子の看護師われを見守りくるる

鋭《と》き針もてわが腕《かひな》より採りし血の濃き紅に罪ひそむらし

窓の外にヒマラヤ杉は葉をゆらし術後のわれを見つめてゐたり

乳ガンの手術せし吾にせがまれて古希すぎし母が看取りくれたり

乳房《にうばう》を失ひしわれの生延びて弟子《をとご》逝きたる睦月を迎ふ

乳房を摘出したる吾の生きて乳房のこしし友は逝きたり

阪神淡路大震災は乳房の再建手術うけし日にあり

六十路過ぎ夫の故郷へ従《つ》ききたるわれに子のなくはらから遠し

われになき子孫繁栄とふ幸を幾度《いくたび》思ふ　秋の深まる

手を組みてタラップ降りくる首相夫妻　同類項なり子の無きことは

十歳にて胸を患ひ病欠の多き少女が喜寿むかへたり

老先の不安を捨てて生まれ日の朝《あした》つばめの飛び交ふを見つ

日すがらを絵画修復なす夫と夕餉なさむと家路をいそぐ

夫の傍にあといくたびのまどろみを許さるるらむ　赤き椅子買ふ

でんでん虫泣く

蒲公英の絮毛の自由欲しき夜は厨辺ととのへ朝にそなふる

あかときを蠢く何かに起こされて闇の底方《そこひ》に水の音聞く

わが裡の涙知りゐる山桃の幹伐られゆく霧雨の午後

塵埃にまみれたる街東京が離れ住みては星となりたり

あかときの屋根にふりつぐ冬の雨容るる器を吾は持たざり

胃や肺を過《よぎ》りゆきたるカナシミが声となる真夜の喉出づるとき

ウイスキーをアンクルトリスが飲むごとく喉元までを涙のみたり

駐車場の黒きセダンに花びらのいくひらありぬ鬱のごとくに

現実《うつつ》にはあらぬ想ひに遊ぶ吾を拒むわれとがあらそふゆふべ

そぎゆきて短くなりたる鉛筆の芯が鋭くわれを突きくる

カナシミが吹きたまりたる大地にはこらへきれざるカタツムリ這ふ

さびしさに首をもたげて友を見るでんでん虫の悲しき性は

でんでん虫のかなしみ背負ふ媼ひとり横断歩道を杖つきわたる

机《き》の上の灯りに寄りゐし虫とわれ　虫を払へば染《しみ》になりたり

ひとりでも生きゆくことを示しつつ伴侶なきウサギが青草を噛む

生れ日は憲法記念の日となりて共に憂ひの深まる日なり

アトリエに夫描きかけしキャンバスのジェラニウムの赤今光りたり

都電通り

東京の空をいとひし智恵子恋ふ福島の空ふるさとの山

光太郎に智恵子は伝ふ丘の上《へ》に「あの光るのが阿武隈川」とふ

ひんやりと「樹下の二人」を包みゐし福島はあの日フクシマになる

なじみたる夜具流されし人々の眠れぬ闇の深きをおもふ

漁《すなど》るをさるることなき魚の群の眼光りて波間に消ゆる

石巻に瓦礫の処理を助《す》けしとふ浦和球児ら春を制せり

みちのくの竿燈まつりに生ガキを食みたる夜の海なぎてゐき

渋谷駅抜けて着きたり三岸節子の「さいたさいたさくらがさいた」に

花びらは太くかたまりいくまりか三岸節子の桜樹たくまし

新宿をふるさとにもつ悲しみに都電通りを渡りて迷ふ

四半世紀へだてて訪ねし学生街「らんぶる」の店主は白髪おだやか

夏の朝サ行に鳴きゐる蟬の声遠きふるさとはマ行に鳴きゐし

啄木《たくぼく》と読めざる若き店員に書物の注文し街に出でたり

わが影を黄金の色に縁どりて入日さしくる舗道をゆけり

偶感

移り来てなじみし庭のひとところ高き䅣の木さはに実をもつ

うろこ雲がフロントガラスに広がるを雨の近しと運転手言ふ

テープ声に「お待たせしました」と開くドア枯葉を乗せてバス走りゆく

運転の距離縮めんと営業所にバスの時刻を確かめてゐつ

ビルの底に警視庁の車停まりゐて鎖《さ》されし者らひかれゆきたり

シベリアに抑留生活せしといふ米寿の父を持つ友に会ふ

のつぺらぼうにあすはなるかもこの星に住む人類のおこす争ひに

六度目のわが誕生日に生れたる憲法ありてたひらかに来し

議事堂の空

六〇年安保と重なる入学に休講つづきデモに行きたり

デモに行く学生であふるる都電にて「切符は不要」と車掌が叫ぶ

戦争を拒む学生デモ隊に八百屋の店主手を振りくるる

議事堂の地下鉄駅の入口は人波あふれて真夜を歩けり

激突のなき静かなる突入の一歩を踏みき議事堂内に

議事堂の門圧《お》し開き学生らのデモ隊構内に突入をせし

機動隊の若者ややに間を置きてカーディガンの端つかみてきたり

東大の女子学生ひとり斃れしとデモ隊の列に伝わりてくる

女子学生は外へ出よとふ甲高き声あり柵内に構ふる装甲車ありて

機動隊の警棒に殴られ出血せし先輩の手当なせり六・一五の夜

友の下宿は中野駅そば雑魚寝して始発に帰りき母待つ家へ

デモの夜を寝ずに待ちたる母親の引戸開けたる顔青白き

議事堂を囲みて叫びゐし群の今朝は黙して改札通る

スクラムし議事堂かこみて歌ひたる十九歳《じふく》の吾の見しは青空

六〇年安保のデモにスクラムせし露文科の友の腕も皺むか

モノクロに議事堂囲む幾万の靴音・怒号今もたちくる

ただ立ちて抗議つづくる香港の人らの画像をメディアが伝ふ

照らしこしもの

「沖縄を返せ」と歌ひし若き日も今も知らざる島の哀しみ

海人《ウミンチュー》の辺野古の海の工事進み「主権在民」埋められてゆく

天安門に撃たれし人の声を聞く三十年のちのテレビ画面に

花の季を上野の山に焼かれしとふ大空襲に逝きし人らは

加害国の大学へ来し韓国の就学生らが「アリラン」うたふ

サルトルの社会参加《アンガージュマン》とふ純粋を伝ふる記事にひと日明るむ

駅前の「聖戦《ジハード》」といふ美容室九・一一のあとなくなりてをり

倒れざる風車を前に槍捨てて膝を折りたりドン＝キホーテは

鋭《と》き刃強き刃に削られて芯とがりゆく鉛筆われは

希望だけが日本の国にはないと言ふ都知事の論にうなづきてをり

敗戦後の闇照らしこし憲法に守りてもらひ生きのびてこし

寓意

ミサイルを発射せし炎映るたび北へ帰りし友のうかびく

十七歳にてイムジン河に憧れて帰国せし友古希超えたるか

若き日にイムジン河を越えし友今あらばかたみに喜寿を祝はむ

つづりたる詩人の心へ涙して歌ふ「イムジン河」を聞きたり

被爆者の声とどかざる原爆忌首相は去年《こぞ》の原稿を読む

原爆忌にむかふ車内にひとり読みき青き表紙の『ヒロシマ・ノート』を

逃亡するラスコーリニコフに追ひつかむと下巻求めて書店へ走る

*『罪と罰』

セピア色の戦後の街を生きぬきて「花の街」の詩つづりし人あり

*江間章子

学生時代のロシア民謡「ともしび」が軍歌とならびてカラオケにあり

マスコミがサッカー熱を煽る日はデモに死にたる女子学生の忌

恐怖のみつのらす放送を批判せるユーチューブ見て床につきたり

少年の瞳のごとき露草が片隅にある混沌のとき

露草の青き純粋をかれ原に見つけたること罪のごとしも

混沌の世に重たきは「ジングル・ベル」シャッター街の師走を走る

忖度はかたみに心をはかることただ従《つ》きゆくは追従といふ

カジノまで上陸させて島国のたひらぎつぶすか　タンポポ減りて

議事堂を包囲せし群衆の雄叫びに和したる日より半世紀経つ

この世をば生きぬく力を誰《た》が持つやゴッホの狂気ゴーギャンの理性

納税を拒めぬあまたの民草を後《しりへ》に政治は誰と手を組む

幻影

長雨に黴の生えたる革靴の手入なしつつ国会中継きく

ともかくも統一候補のたてられてわが一票の行先決まる

如月の黄砂か霞か白き紗を掛くるがごとく選挙カー行く

傾きたる船のバランスとりたしとただそれのみに投票をせり

乳色の湯船に鼓動を確かむる芯への信が揺らぐ今宵は

「あらえびす」とふ名曲喫茶に通ひたり「革命」などをリクエストして

憲法を知りたるころのときめきは現実《うつつ》のうちに怒りとなりゐつ

戦《いくさ》すみて七十年余を生きぬけど吾も憲法も健やかならず

地震《なゐ》伝ふるニュース画面に原発は異常なしとふテロップ流る

美しき日本をつくると言ひし人まづフクシマを美しくせよ

民の声蔑《なみ》する術《すべ》を伝へたる祖父なる首相の今に顕ちくる

異口同音にくりかえさるる報道はコロナウイルスの恐怖ただにつのらす

芋ふかし昼餉となしたる記憶消し国は倉庫に武器をためこむ

会意文字の日に雲をかさねて曇と読む霞ヶ関はけふも曇天

所沢にオスプレイ来しとふ友の文届きたる日を熊蟬のなく

学者らが違憲と述ぶる法律が国会通りてひとつ老いゆく

一票の重みをわれら知らされて去年《こぞ》の冬秘密保護法案通る

戦のできる国をめざしてゐるならむそんな気のするこの年の暮れ

憲法をささへこしわれら老いかさねてサスペンスドラマなら断崖に立つ

枯原に露草ひともと揺れてをり青き純粋は幻影として

ひもじさの記憶によりてつながれこし民の手と手が離れゆきゐつ

たたかふもあらがふことも知らされず「令に従ひ和してはたらけ」

平和への道あきらめぬとふ広告を全面に載せたる朝刊届く

オカリナを吹く

弟子屈の駅のホームを発車せり列車は私の初恋乗せて

みちのくの久慈にもとめし琥珀《アンバー》の胸にゆれゐてあの日たちくる

背を押す母の言葉に肯きて就職試験を受けし日のあり

サッチモの「メモリーズオブユー」聞きゐつつ小さき駅に君を待ちたり

真昼間をしのつく雨の昏き街オレンジ色の茶房に入りぬ

東京の私鉄沿線　駅裏に花舗の店主の標準語聞く

手まはしのプレーヤーにてマスターは「テネシーワルツ」をかけてくれたり

新宿の「灯《ともしび》」前にて別れこし「ウラルのぐみの木」ともに歌ひて

あちこちで十四歳の恋明かしをり古希を過ぎたる同窓会に

若き日を歌声喫茶に通ひゐし人らと歌ふ「長崎の鐘」

わらべ歌うたひつぎゆく老い人ら幼のごとくやはらぎてゆく

オカリナの「ゆりかごの歌」に和しくるる老い人の声低くひびきぬ

正直が損する時代を生きぬきて老い人うたふ「花咲爺」

オカリナの陶器の感触たしかめて「ふるさと」を吹く車椅子の前

「春が来た」をわがオカリナに歌ひくれし車椅子の媼ら手のあたたかし

オカリナにあはせて歌ふ「富士山」に臥れる媼の唇《くち》の動きぬ

「幸せなら手をたたこう」とタンバリン打ちつつ歌ひ鬱はらひゆく

オカリナのレッスン受くる月曜日けふはスラーの奏法学ぶ

手を伸べて再会期するあいさつに生きてあらばと媼が応ふ

娘《こ》と暮す媼の愚痴を聞きゐつつ枯葉ざわめく陽溜にをり

老い人の愚痴聞きて来し夕つ方家守りたる犬の飛びくる

ひとり居の媼ら路上に話しゐて予備軍ひとり近づきゆきぬ

オカリナの練習幾度もくりかえす家を軌ませ夕の風吹く

夕虹

華甲過ぎふるさと発ちぬたんぽぽの絮毛が風に吹かるるごとく

従《つ》ききたる夫のふるさと碩田《おほきだ》は赫ふ夕日に白鷺の飛ぶ

＊碩田は大分の古称

「ふるさと」の歌詞に出でくる山や川　海までありぬ礦田の地は

お茶摘みの予定確かに伝はりて夫に従ひ里に向かひぬ

茶葉にくる五月の日差をふせがむと麦藁帽子深く被りぬ

そろそろと摘みゆく茶の葉が指先にやはき新芽の冷感のこす

妣のなしゐし吟詠の世界へ触れなむと公民館の把手《ノブ》を回せり

辛いならやめよと言はるる詩吟教室へ通ひはじめて一年の経つ

誘ひくれし蟬の声なき歳晩を詩吟教室へ肩すぼめゆく

吟詠のコンクールすすむ会場に妣に似通ふ吟声をきく

軟口蓋の痛みのこれり幾日か発声練習かさねきたりて

妻であり嫁であること楽しみて盆の集ひに素麺するする

ガンセンターに臥す弟にせがまれて買ひ来し文庫本の『半落ち』手渡す

足音の重なる響きを吸込みて地下の改札口横列にあり

ボランティアさるる側なるけふの吾は「ともしび」歌ひき涙するまで

ボランティアをするもさるるも散るまでのあはひを生きて「さくら」をうたふ

おほよそをはかりて覚悟かためつつ老人ホームのちらし読みこむ

「おはやう」と「おやすみ」までを君とだけ過ごす日のあり山家にありて

競ひあひ押しあふことに疲れたるか夫、東京を嫌ひと言へり

ふるさとがみやこにあるとふ虚しさを分ちあひたき人ここになし

シャガールの描きし牛の目の色に吾を見つむる膝の上《へ》の犬

オレンジにきらめく噴水みつめつつ夫を待ちゐつ遠き日なれど

曇り日の夕にあれど明るみて夫の指《さ》す方虹の立ちたり

実のひとつだに
物語を語るがごとく詠みたきを心のそこひにもぐる間《ま》のなし
助詞ひとつに迷ひてゐたり歌詠むに韓愈のをらず夜は深みつ

呑みこめば胃にわろきもの吐き出して歌にしてをり真夜の机に

「耀《てう》」の字の読めず辞書を繰りゆくは言葉の海を泳ぐがごとし

詠《うた》ふとは訴《うつた》ふることでもありますと活字追ふとき雀騒げり

まつすぐに詠みし歌もて集ふ場に言の葉飛交ひ空《くう》を充たせり

歌会《うたくわい》の始まるまでの図書室に福島泰樹の『中也断唱』と会ふ

キヨスクに歌の載りたる新聞を求めきたりて初夏の街ゆく

亡き母のわが齢にて詠みし歌薄き冊子に十七首載る

牧水の歌の掛軸見せくれし母の手に赤きしもやけのあり

わが血筋たどりてゆけばささやかに歌詠みゐたるをみなありけり

カーテンのすき間を流るるけふの雲　空に吸はれし啄木を恋ふ

倦みしときひもとく歌集の啄木は早逝なしゐて老を知らざり

上京に文庫版の『歌よみに与ふる書』を歌詠み以前の吾が読みてゐし

山吹を一枝わたしし乙女子の一生《ひとよ》知りたし　雨降りしきる

書物あまた机上に重なり塵つもる脳《なづき》の疲れのつもるがごとく

遠き日の弟に教へしコーヒーはマンデリンの味伊勢丹裏に

武蔵野の「ポエム」のコーヒーに離れきて夫の里べに歌を詠みゐつ

戦時下に灯火管制せしごとく暗き布にて心を包む

水彩のアネモネの赤あせてきつ出会ひしころに夫描きし絵の

木槌の音

胸隔をふるはせて鳴く山鳩のくぐもる声する鄙に目覚むる

さくら色のストールつけて出かけゆく朝のけやきの新芽の下を

ほとけの座の濃きくれなゐの花に寝て隠れてゐたし日の暮るるまで

中空《なかぞら》をさへづるひばりの影追ひて佇むわれに風わたりくる

心根の小きを嘆く身に落つる雨降りやまず文月に入る

弥生人の着衣のごときワンピース身につけ暑き日の坂道下る

相対評価受くることなきオカリナの発表会は楽しかりけり

ゆくりなく涙ひとすぢ流れきてこほろぎひとつ厨にひびく

古き絵の金箔はりし額縁の汚れとりゆく夫を手伝ふ

金箔の額縁拭ふ夫の方《かた》に風わたりきて百舌の声する

夫の打つ木槌の音を聞きゐつつ厨に夕餉の菜刻みをり

消失点

飛ぶ夢を追ひ求めたるダ・ヴィンチの翼のデッサン　鳶《とんび》に思ふ

「煩悩」を画題となせる連作の明度ましゆく色をかさぬる

水はじく黒き葡萄を描きゆけば一筆ごとに崩るるぶだう

クルクマを活けて待ちをり別府よりミロの版画を持ちくる人を

池袋駅の地下街　スタンドでコーヒー飲みたしキャンバス持ちて

池袋のグループ展に出品せし夫はアトリエに筆持ちて立つ

移りきて筆一本で犬と吾を養ふ夫の白髪増しぬ

夫描く樹下の道ゆくわが姿消失点にやがて消ゆらむ

憲法と吾の誕生日の過ぎゆきて柿の青葉は影深めゆく

美術講座に教へてきたるけふの夫鯛・鱈・帆立貝《ほたて》を購ひて来し

御開帳の文殊仙寺にいただきしミサンガつけて夫はいそしむ

あとがき

私は、東京の副都心新宿区に生まれ、後に杉並区に移りました。戦中戦後とはいえ、両親の慈しみの中で、二人の弟とともに平穏な日々を送っていましたが、小学校四年のとき肺門淋巴節に罹り、二、三か月ずつ病欠を繰り返すこともあって、読書に耽ることが多くなりました。高校生になって、著者は忘れてしまいましたが、父の死後に読んだ『文体論』の多岐にわたる言語分析に触れて文章を書くのが怖くなり、同好会の回覧ノートなどにも、一行も書けない時代がありました。

早稲田大学への入学は一九六〇年、折しも、安保阻止国民会議による六・一五統一行動の日に国会近くまで行き、多くの学生達の動きに吸い込まれるように、国会南通用門から構内に入った体験は忘れられません。

卒業後は中学校の英語教師として教鞭を執るとともに、当時の時代感覚としては当然のことでもありました、日本教職員組合の一員として、非行対策などに取り組んでいる最中に異動となり、その後の検診で乳癌が見つかったため、病気休暇を経て職を辞し、絵を教えていた夫から絵を習うことで、言葉によらない自己表現の方法を模索していました。

二〇〇四年四月、故郷の大分に帰りたいとの夫の気持ちに添うことを決め、急遽、夫の仕事である絵画修復所も兼ねられる家を大分市に求めて移住、まだ若いと自らを信じてはいたものの、期待と不安が交錯していた時代でもありました。

大分に移って半年後の九月、社会福祉協議会のボランティア講座に通い、施設訪問などの活動に参加するようになり、ボランティア仲間や高齢者の方々などとの交流により、心がほぐされていきましたが、その仲間の一人で短歌の勉強をされている方から「絵で心を伝えるより、言葉で伝える方が性にあっているのではないか。」と勧められ、「朱竹短歌会」代表の伊勢方信先生が講師を務められておられる、「月英」という教室を見学させて頂きました。教室は大分市東部にある鶴崎公民館の二階の一室で開かれており、先生は窓に近い満開の桜を背に、「歌を詠み継ぐ」というテーマでお話をされた後、受講生の一首一首について、感想を聞き、評を加えてゆかれました。私には、殆どの方々が初対面でしたが、終了後も、私の話を聞いてくださるなど、一様に親切な人ばかりで今に続いています。

顧みれば、家族への思いも素直に表出してこなかったという反省がありますが、写生を基本とする短歌では、余分な説明や思い入れを省くことで、より率直な表現となり、十分に思いを伝え得ることを知りました。

短歌を学ぶ中で、伊勢先生から教えられたことがあります。それは、私が今までの生活の中で見過ごしてきたり、切り捨ててきたものを見直し、再構築していくための対象や、自分をも含む人間のとらえ方、視点のあり方などです。作歌は、現在の私にとって、自分を見つめ直しながら生きてゆくことの拠り所となっています。

両親についで弟たちにも先立たれた今、子宝に恵まれなかった私の家族は夫と一匹の犬です。子孫をつなぐことは叶いませんでしたが、次の時代への手土産として、歌集を残したいと一念発起し、先生に思いをお伝えしたところ、快く承諾をしてくださり、諸般のお力添えを戴きました。心より深く感謝申し上げます。また、ともに学び、励まし続けてくださる「朱竹短歌会」「朱竹大分支部」「現代短歌教室・月英」「コンパル現代短歌講座」の皆様に感謝致します。

第一歌集『消失点』の歌集名は集中の「夫描く樹木の道ゆくわが姿消失点にやがて消ゆらむ」から採りました。私の、たった一人の生涯のパートナーである夫には「大分に連れてきてくれてありがとう。」です。

最後になりましたが、出版にあたって諸々のご配慮を賜りました砂子屋書房社主の田村雅之様はじめ、スタッフの皆様、装本の倉本修様には、記してお礼に代えさせていただきます。

令和二年九月吉日

後藤邦江

著者略歴

後藤邦江（ごとう・くにえ）

昭和十六年（一九四一）　東京都新宿区にて出生。

昭和三十九年（一九六四）　早稲田大学教育学部英語英文学科卒業。

昭和三十九年から平成元年（一九八九）まで、埼玉県内の公立中学校教諭を務める。

平成二十三年（二〇一一）「朱竹」入会。伊勢方信に師事。

（主たる入賞歴）

平成二十八年（二〇一六）　第二十二回與謝野晶子短歌文学賞にて産経新聞社賞。

平成二十九年（二〇一七）　第三十九回日本歌人クラブ全日本短歌大会選者賞。
第五十三回大分県短歌コンクール（七首詠）選者賞。

平成三十年（二〇一八）　第五十四回大分県短歌コンクール（七首詠）選者賞。

令和元年（二〇一九）　第五十五回大分県短歌コンクール（七首詠）選者賞。

現在、「朱竹」「大分県歌人クラブ」「日本歌人クラブ」各会員

朱竹叢書第四十九篇

消失点　後藤邦江第一歌集

二〇二〇年一一月二二日初版発行

著　者　後藤邦江
大分県大分市けやき台四―一―一（〒八七九―七七六二）
電話　〇九七―五九七―二四〇一

発行者　田村雅之
発行所　砂子屋書房
東京都千代田区内神田三―四―七（〒一〇一―〇〇四七）
電話　〇三―三二五六―四七〇八　振替　〇〇一三〇―二―九七六三一
URL http://www.sunagoya.com
組　版　はあどわあく
印　刷　長野印刷商工株式会社
製　本　渋谷文泉閣